战虫部队 1

奇入虫岛

QIRU CHONGDAO

[英]杰克·佩顿 著
陈枫 译

GUANGXI NORMAL UNIVERSITY PRESS
广西师范大学出版社
·桂林·

出版统筹：汤文辉
选题策划：王　津　张耀霖
责任编辑：刘丹亭　霍　芳
美术编辑：卜翠红　刘冬敏
版权联络：张耀霖
营销主管：耿　磊
责任技编：李春林

著作权合同登记号桂图登字：20-2016-026 号

图书在版编目（CIP）数据

战虫部队. 1，奇入虫岛 / （英）杰克·佩顿著；陈枫译. —桂林：广西师范大学出版社，2017.4（2019.4 重印）
ISBN 978-7-5495-9517-4

Ⅰ. ①战… Ⅱ. ①杰…②陈… Ⅲ. ①儿童小说—短篇小说—英国—现代 Ⅳ. ①I561.84

中国版本图书馆 CIP 数据核字（2017）第 046006 号

广西师范大学出版社出版发行
（广西桂林市五里店路 9 号　邮政编码：541004
网址：http://www.bbtpress.com）
出版人：张艺兵
全国新华书店经销
广西广大印务有限责任公司印刷
（桂林市临桂区秧塘工业园西城大道北侧广西师范大学出版社集团有限公司创意产业园内　邮政编码：541199）
开本：880 mm × 1 240 mm　1/32
印张：3.75　　插页：1　　字数：29 千字
2017 年 4 月第 1 版　　2019 年 4 月第 5 次印刷
印数：27 401~30 400 册　　定价：22.00 元

特别鸣谢艾德瑞安·博特

目★录

第1章

一本旧书

麦克斯·达尔文屏住了呼吸，因为他看到一对锋利的大螯出现在了花园的围墙上，好不吓人。接着他视线里就出现了一个家伙的头。这家伙的触角在空中挥舞着，寻觅着猎物。最终，一个亮闪闪、黑黝黝的身体爬了出来，六条带钩的腿抓着墙面。

“哇！锹形甲虫！”麦克斯想着，他的眼睛平视着甲虫的大嘴。美国大约有三十种不同的锹形甲虫，但他却从未在野外见到过任何一种。为了能看仔细，麦克斯匍匐前进，紧张得大气都不敢喘。但甲虫一定是发现了他。这家伙打开背上坚硬的大黑壳，展开翅膀，发出巨大的嗡嗡声飞入夜空。麦克斯凝望着它，直到这家伙成了芝麻大的黑点儿。他迫不及待地将这只甲虫写进他的昆虫记录里。

麦克斯很喜欢虫子。他有个笔记本，每当在花园或院子里发现虫子，他都会在笔记本上写下关于它们的信息。此刻，再也没有比这只锹形甲虫更吸引他的东西了。

“麦克斯！”妈妈在屋里叫道，“你跑到哪儿去了？快来看看我给你带了什么！”

麦克斯的妈妈在一家拍卖行工作，有时候她会把一些卖不出去的怪玩意儿带回家里。而麦克斯从来不知道妈妈会给他带回来什么。一次她给他带了块老怀表，甚至有一次还给他带了套盔甲！

麦克斯往上一蹦，从橡树上扯了一把叶子带给他的爱宠竹节虫，然后一溜烟儿穿过杂草丛生的花园循声来到厨房。妈妈正坐在厨房的桌边，在她面前摆着本旧书，皮革做的封面已经破旧不堪了。

“快来看看。”她笑着说道。

书的封面印着一只烫金的蝎子。蝎子扬起的毒刺，像是头顶上的一把匕首。书名也是烫金的，但色泽已经褪去了。

“《节肢动物大百科》，”麦克斯读道，“哇！谢谢妈妈！”

“不过，什么是节肢动物呢？”妈妈把书递给麦克斯，问道。

“就是身体外边还长着外骨骼的动物，”麦克斯快速答道，“比如昆虫、蜘蛛、蝎子、蜈蚣，甚至龙虾也是哦。这本书是从哪儿来的呀？”

“有人正在清理小镇边上那栋老房子，”妈妈说，“这本书掉在了书房一个书架的后边。它可能已经躺在那儿好多年了，封面沾满了灰尘。”

麦克斯很好奇，很久很久以前，谁是最后一个读它的人呢？现在麦克斯知道了它的来历，这书似乎就变得更特别了。

“太酷了！”他称赞了一声，用指尖抚摸着破旧的皮革封面。

“我就知道你会喜欢，”妈妈说，“也难怪，这书里除了虫就是虫。”她抚摸着麦克斯的头发，说：“如果喜欢它，就趁着我做饭的时候把它拿到你的房间里吧。我知道你恨不得马上钻进这本书里。”

“谢谢妈妈！”麦克斯咧嘴一笑，双手举起这沉甸甸的书，从厨房冲到了楼上。

麦克斯的卧室里布满了“虫子”。橡胶做的蜘蛛在天花板上吊着，一排塑料甲虫站在窗台上，墙上则贴满了画着蜘蛛、蝎子、蜻蜓和毛毛虫的海报。而卧室里真正的虫子，是麦克斯养的竹节虫。这些竹节虫安静地待着，就像塑料玩具一样一动不动。想透过枝叶看到玻璃箱里面的状况几乎不可能。在了解了里面的

BUGS

虫子最喜欢的食物之后，麦克斯给这几只虫起名叫橡树、常春藤和玫瑰。

麦克斯打开玻璃箱的盖子，迅速把叶子塞了进去，这样等傍晚虫子们醒来时就有东西吃了。喂完虫子，麦克斯再也不能抑制内心的激动，把那本百科全书摊在桌面上打开了。皮革封面里边夹着个小袋子，袋子里边藏着个放大镜。“太酷了！”麦克斯想着。他开始小心翼翼地翻看这些古老而泛黄的书页。书页里载满关于各种奇妙生物的介绍：脖子长长的猎蝽、肚子鼓鼓的螳螂、身子大大的蜈蚣。每种生物的介绍都配着细致的插图。这些插图栩栩如生，仿佛那些虫子就要从书里爬出来似的！

横跨书本中心的两页纸上画着一幅地图，蓝色的海洋上岛屿星罗棋布。每个岛屿边上有不同的配图：一棵小小的棕榈树，一只鸟，或者是一只兽，等等。麦克斯斜着眼，把身子靠向一个标记着黑蝎子的岛屿。

岛屿就画在蝎子弯弯的尾巴边上，岛上标着什么字，但是太小了看不清。这时麦克斯想起那个放大镜了，便快速翻回到书封的背面，并从那个小口袋里拿出放大镜。之前在圣诞节时他得到过一个昆虫搜集工具箱，和那里面配的放大镜相比，这个更古老也更沉。放大镜的手柄是木制的，手握着的地方都被之前用它的人磨得光滑无比，手柄末端刻着一个带着弯曲触角的昆虫头部。麦克斯迫不及待地又翻到那张岛屿图。他眯着眼睛，透过放大镜，正好可以辨认出蝎子尾巴边上那些黑色的花体字。

“虫岛！”他自言自语，“哇！要是我能到那儿去该多好呀……”

话音刚落，麦克斯就感觉自己脚底异常发麻。接着，整个屋子旋转起来，让他头晕眼花。这感觉，比让他连着玩三次“死亡之轮”过山车还糟糕。他紧紧地闭上眼睛，试着均匀地呼吸，但这丝毫不起作用。

他的胃里翻江倒海，有那么一会儿他甚至觉得自己在往下坠。可是，这荒唐的感觉说停就停了，就像它来时一样突然。

“太诡异了。”麦克斯睁开双眼说道。这时，他用力揉了揉眼睛，简直不敢相信眼前的一切。他并不在自己的卧室里，甚至不在家里。他正坐在一片湿地上，在一座森林中！他仰望一棵高耸的大树，树干非常光滑。但是……麦克斯皱起了眉头。这树干很粗，是浅绿色的，从上面伸出许许多多纤细的分枝。

“好有意思的树。”他想。麦克斯抬起头来，想看看是否能根据树叶和树枝辨识出它的品种，结果令他非常惊讶。他看到的不是树叶，目之所及全是巨大的白色花瓣，环绕着同样硕大的黄色花蕊。这才不是树呢，这是一株巨型雏菊！

麦克斯站起身来，四下张望，心脏扑通扑通地跳个不停。绕过这朵巨型花，倒还真有一棵货真价实的树——一棵他见过的最大的树。粗糙的树干似乎要往天上延伸好几千米，就像一座摩天大厦那样，又高又粗。

“好像一切都不知怎么的变大了。”麦克斯自言自语。“或者，”他倒吸口凉气，意识到了什么，“或者，我变小了。但这怎么可能？”

麦克斯低下头，发现自己仍然拿着那个放大镜。

就在他看着放大镜时，突然听到一阵强烈而奇怪的响声，就像是沉重的脚步声。他猛地把放大镜塞进口袋，竖起耳朵听着。脚步声越来越响。不，麦克斯意识到了什么，不是越来越响，是越来越近……

脚下的土地在微微颤动。无论这是谁的脚步声，这一定是个大家伙。一个很大很大的家伙。这家伙正朝着麦克斯的方向冲来！麦克斯打了个寒噤，脊柱一阵发凉。他躲到了那朵大花的后边。有那么几秒钟，脚步更响了。但接着就停了下来。

他屏住呼吸，绕过花茎偷偷看去。另一边是个凶恶的大家伙。麦克斯看到，那家伙八条带关节的腿快速地移动着，还挥舞着一对巨大而恶毒的钳子。

麦克斯喘着粗气。原来是只蝎子——体型比他大两倍！这庞大的家伙阴森森地向他逼近，那锋利、弯曲的毒刺正准备发起攻击！

第2章

蝎背骑行！

那蝎子的毒刺正朝着他扎下来，麦克斯慌忙跳到一边。他惊恐地喘着粗气，因为几秒前他还站着的那个地方已经被蝎子攻陷了。

“快跑呀！”麦克斯脑子里有一个声音在大喊。在蝎子发动第二次进攻之前，他必须离开那里。蝎子的毒汁有多厉害，麦克斯真是再明白不过了。最新一期《虫类周刊》里的句子浮现在他的脑海中。

“被最致命的蝎子蜇到，第一反应是强烈得难以忍受的剧痛。”

他飞速穿过头顶长长的草叶，跳过堆了一地的小树枝，并闪躲着比他个头还大的落叶。

“接着就是恶心和高烧。”

他左一下右一下地跑，希望能迷惑蝎子。

“直到，最后死亡。”

麦克斯能听到蝎子的脚步声在地上砰砰作响。随着追逐他的蝎子越来越近，那声响也越来越大。

空气闷热潮湿，没过多久麦克斯就喘不过气来了。他搜肠刮肚，试着回忆杂志里还说了些什么。

“蝎子行动敏捷，可以爬上大多数物体的表面。”

所以爬树逃生也没用了。当然，以麦克斯现在的块头，是无论如何也爬不上摩天大厦般的树的。即便是那些在林地上错落纠缠的树根，也都远远高过他的头顶。“但或许我可以钻到树根底下，藏在那钳子够不到的地方？”他想。

麦克斯觉得这是他唯一的机会了。他凝聚起所有残余的气力，径直往一堆纠结的树根冲去。他差点儿就要成功了，灾难却不期而至。他在一块长满青苔的地面失足飞了出去。虽然他毫不迟疑地爬了起来，但依然太晚了。那蝎子又出现在他头顶上，尖刀一样锋利的大钳子开开合合。

“这回死定啦，”麦克斯想，“我要被一只大蝎子活活吃掉了。”他闭上眼睛等待着，心提到了嗓子眼儿。

“你在这里干吗，小蜥蜴？”一个刺耳的声音问道。

麦克斯慢慢睁开眼睛。蝎子还在那儿呢，一只钳子一开一合，另一只则吓人地挥舞着。麦克斯小心翼翼地环顾四周，想看看到底是谁在说话。

“你在看什么？”沙哑的声音问道。

麦克斯惊得张大了嘴。说话的不是那只蝎子还会是谁！好一会儿，麦克斯只能怔怔地盯着这只蝎子。

“你怎么会到这儿来？”那蝎子盘问道。

“我——我不知道，我连这里是哪儿都不知道。”

麦克斯打着结巴，不太相信自己正在和一只蝎子交谈，“还有，我可不是什么蜥蜴，我是人类。”

“什么类？”蝎子侧身走了几步。

“人类！”麦克斯说。

“人类是什么呀？”蝎子说话的时候，下颌一张一合，显出深不见底的黑洞般的大嘴，“你没有很多条腿，所以你不是我的同类。你头上那玩意儿是什么？”

麦克斯被问住了，用手摸摸头。“哦，这呀，”他说，“这是头发。”

“头——发——”蝎子慢慢地重复着，像是第一次听到这个词，八只眼睛闪闪发光。“你是我见过的最奇怪的小东西，”蝎子说，“我要拿你怎么办呢？”

蝎子盯着麦克斯，停了一会儿。突然，蝎子猛地一动，用那大钳子牢牢攥住麦克斯的腰。麦克斯不禁大叫起来。他被高高地举起，比蝎子的头顶还高，然后被稳稳地放在了蝎子的背上。

“抓牢咯。”蝎子说。

“你在干吗？你想把我带到哪儿去？”麦克斯问道，虽然心里害怕，但试图让自己听起来很勇敢。

“我要带你去见巴顿。他知道该怎么办。”蝎子说。他将两只大钳子扣在一起，然后一转身，骤然狂奔起来。他的背上覆盖着坚硬的甲片，就像盔甲上的金属板。麦克斯紧紧抓着一块甲片的边缘，以防自己栽到地上。然后他慌张地往身后瞄了一眼，查看这家伙的毒刺在哪儿。那鼓鼓囊囊的大尖刺倒挂着，弯弯地悬在他头顶上。它就像个爪子，在蝎子尾巴那儿打着弯，像刀一样锋利。蝎尾有好几节，都彼此完美地连接着，犹如妈妈带给他的盔甲上面的金属板。麦克斯惊讶地注视着那尾巴。他确信，从没有人一边骑在蝎子背上，一边还能观察蝎子的毒刺。尽管有危险，麦克斯还是抑制不住自己的兴奋。“我居然骑在一只会说话的大蝎子身上！”他激动地想着。

既然不再那么害怕被吃掉，麦克斯就有时间对蝎子的其他部位好好打量一番了。他发现这只蝎子的钳子很肥大，一点儿也不薄，这说明他不是最毒的品种。他全副武装的铿亮皮肤像煤一样乌黑。

“他一定是帝王蝎。”麦克斯想。帝王蝎是世界上最大的一种蝎子。如果麦克斯的块头还像原来那样，这只蝎子就和他的手一般大小——但现在麦克斯成了小不点儿，对他而言，这只蝎子简直就有一匹马那么大！

帝王蝎把两只大钳子挥舞在空中，在高大的草叶之间风驰电掣般狂奔。麦克斯偷偷透过这对钳子的间隙往前看，在他们头顶上，鲜艳的花朵纷纷绽放。麦克斯可以看到巨大的灌木丛，枝干上长满了厚实的皮革般的绿叶。当蝎子爬上一根长度和高度好似十八轮卡车的腐烂树枝时，温暖潮湿的空气直扑在麦克斯的脸蛋儿上。这感觉就像在玩有史以来最炫酷的电子游戏。但当他们翻过树干到达另一边时，蝎子却突然停了下来，麦克斯差点儿没从大钳子之间飞出去。

原来是一个身形庞大的家伙挡住了他们的去路。他那棕色的长满鳞片的皮肤在斑驳的阳光下闪闪发光。那圆溜溜、亮晶晶的眼珠子正直勾勾地盯着麦克斯，分叉的舌头从嘴里伸出来，品尝着空气中的味道。根据那皮肤上的皱褶和肿块，麦克斯不一会儿就认出了他。

“鳄蜥！”他想着，倒吸一口凉气，“喜欢吃蝎子的巨大的鳄蜥！而且他看起来真的很饿……”

第3章

蜥蜴的攻击！

蜥蜴的舌头从嘴里射出，活像一条鞭子。然后，那鞭子缓缓向前探寻。麦克斯屏住了呼吸。这家伙可真够大的。每次那大爪子踩在地上，整个地面都会震起来。

“你俩出现得真是巧呀，”蜥蜴吐着舌头咝咝地说，“刚好到饭点儿了。”

麦克斯倒吸一口凉气。从他的视角看去，那蜥蜴简直和恐龙一样大。他想要战胜蝎子，那不是小菜一碟吗？至于蝎子背上的麦克斯，那就更不在话下了……

“快给我退后，你这个长满鳞片的恶棍！”蝎子说。他气势汹汹地挥舞着毒刺，准备随时出击。毒刺末端的尖刺紧挨着麦克斯的脑袋，刺尖上还挂着一滴白色的毒液。麦克斯避开那毒刺，尽可能把自己放平，同时窥视着蝎子的眼睛。

蜥蜴发出压抑的咝咝声。“我不喜欢我的小点心跟我过招。”他啐了一口。蜥蜴又开始逼近，而蝎子则往后撤退，紧贴着他们刚刚爬过的树枝。

麦克斯明白，这只帝王蝎已经全副武装。他那大而有力的钳子以及剧毒的尖刺让他成为蜥蜴的劲敌。可是蜥蜴长满鳞片的皮肤又厚又糙，毒刺很难穿透。

“必须想想办法，”麦克斯想着，心怦怦直跳，“说不定蝎子跑得比蜥蜴快？”他看着蜥蜴有力的腿，使劲儿咽了口唾沫。虽然蝎子是跑步能手，但这鳄蜥看着也不像是吃素的，更何况他可没有驮着一个乘客。

蜥蜴张开血盆大口，露出锋利的尖牙，冷不丁扑了过来。这边蝎子一个侧身，躲过了蜥蜴的毒手。而麦克斯也紧抓着蝎子的后背不放。

蜥蜴不紧不慢地转过身来面对他们，黄幽幽的眼睛闪闪发光。他又一次逼近了他们。不过这回蜥蜴停了下来，脑袋侧向一边。

“你背上是什么？”他好奇地问。

麦克斯抬头看去，发现蜥蜴正目不转睛地盯着自己。他的脑袋像鳄鱼脑袋一样扁平，包裹其上的鳞片都是一样大小的。鼻孔周围部分例外，那儿的鳞片更小，颜色也更深。麦克斯猛地想起了什么。

“快！”他冲着蝎子耳语，“他鼻孔周围的鳞片是最脆弱的！你的钳子应该往那儿攻击！”

“有什么话别偷偷摸摸地讲！”蜥蜴吼着，“话又说回来，你到底是个啥？”

麦克斯回瞪了一眼。“我是他的秘密武器！”他喊道。

说时迟，那时快，蝎子如离弦之箭直冲过去，蜥蜴大吃一惊。没等蜥蜴反应过来，蝎子把一只钳子猛劈在他的鼻尖上。蜥蜴随即发出尖锐的嗞嗞声，往后退去，痛苦地扭着脑袋。

“快走！”麦克斯大喊。

蝎子绕开后退的蜥蜴狂奔，而蜥蜴则用一只爪子捂着受伤的鼻子。

虽然逃过一劫，但麦克斯知道他们尚未脱离危险，蜥蜴仍有可能追上来。看这情况，那家伙会比之前更怒火中烧吧。

蝎子似乎也意识到了这点，他跑得飞快，速度已达到他的腿能承受的极限。“感谢你的提示。”他冲着麦克斯喊道。

“随时效劳。”麦克斯回道。

“但你是怎么知道如何对付那个家伙的？”蝎子有些纳闷儿，“你确定自己不是蜥蜴吗？”

“当然不是！”麦克斯咯咯笑起来，“我身上又不长鳞片，而且我可不是冷血的。”他们一路狂奔着，麦克斯闭上眼睛，紧紧抓着蝎子。“这是在我最喜欢的电视节目上看到的，是探索频道的《虫类世界》。”

“什么什么的什么？”蝎子更晕了。

麦克斯这才意识到蝎子可能从未看过电视。

“我曾经看见一只蝎子用那种办法阻止过蜥蜴的进攻。”他解释道。

“这真是个好主意，我想破脑袋也想不出来，”蝎子钦佩地说，“刚才我以为我们要成为他的大餐了。对了，我叫斯派克。”

“我叫麦克斯。”

“麦克斯，我想我们已经甩掉他了，”斯派克开心地说，回望了麦克斯一眼，“我们最好火速回到营地，巴顿还不知道我在哪儿。”

他俩风驰电掣地穿过高高的草丛，草叶差点儿把麦克斯从蝎背上打下来，因此麦克斯紧紧抓住斯派克。他们越过遍地的巨大落叶和树枝。仿佛过了大半天，斯派克终于开始减速了，而麦克斯又紧张起来。虽然斯派克看上去很友好，但麦克斯还是无法确定。帝王蝎可能同时有多达三十只饥肠辘辘的小宝贝，他们往往会骑在妈妈的背上兜风，就像麦克斯现在这样。也许斯派克正要带他回家给孩子们当晚餐呢——而他自己就是菜单上的美味！

“就快到啦。”斯派克说，而麦克斯则蹦起来。

“就快到哪儿了？”麦克斯问。

“一会儿你就知道了。”

在他们前面，树冠的缝隙间透出一片灿烂的阳光。麦克斯在想是否这就到了森林的尽头。空气中传来嗡嗡声，随着他们的疾驰，声音越来越大。

斯派克绕着一大片带刺的灌木丛疾速前进，突然他们来到一块巨大的空地。阳光斜斜地穿过树叶，投在这块足球场大小的开阔空地上。飞虫穿梭在潮湿的空气中，发出嘈杂的嗡嗡声。空地上还有腐烂的树干和树枝，那上面有几百只巨大的甲虫、蜘蛛、蜈蚣和潮虫正在爬动、滑行或是疾走。

麦克斯惊讶地喘着粗气。不管他看向哪里，眼睛都被巨大的虫子占满。好像妈妈给他的古老百科全书的内容成为现实了！

第4章

战虫部队

“就是这里。”斯派克高兴地说，然后把麦克斯从自己背上取下来，放在森林的泥地上。

麦克斯惊奇地揉了揉眼睛。

他从未在同一个地方见过这么多不同种类的虫子——世界各地的虫子这儿都有！就在他看呆了的时候，一列由南美洲蚂蚁组成的部队从他面前整齐划一地走过。麦克斯一点儿也不惊讶，因为他知道行军蚁在野外一向是协作的。他们甚至用自己的身体搭巢穴、架桥梁，一只拉着一只，就像马戏团里叠罗汉的演员。麦克斯在书本和电视上都见过他们，也一直想去南美洲亲眼看看。

“那是什么？”一只蚂蚁经过时说道，用自己的触角朝麦克斯的方向指去。

其他行军蚁也都转头看了过来。

“看起来像一只毛茸茸的蠕虫。”一只蚂蚁说。

“应该很好吃！”另一只说。

“肃静！”一只大点儿的蚂蚁厉声喝道。

斯派克快速奔跑着，而麦克斯也在后边追着。行军蚁都是大家伙，如果他们决定要享用麦克斯，那他可别想活了。

潮湿的空气中充满了各种声音，有蜜蜂的嗡嗡声、振翅的呼呼声，还有蚊子的悲鸣声。对于麦克斯那小不点儿的耳朵来说，这些声音就像汽笛声那么大。

就在他们前边，森林的地面似乎在震动。突然，地面砰的一声炸开了，泥土和树叶像大雨一样落在他们身上。

地震了！这是麦克斯的第一个念头。但他还没来得及动弹，四条粗大的毛茸茸的黑腿就从土里的暗道中出现了。紧接着，暗道中又出现了另外四条腿，以及一个硕大的圆滚滚的身体，八粒黑眼睛闪闪发光。

是螲蟷！麦克斯反应过来后倒吸一大口凉气。《虫类周刊》在“有毒品种专栏”中出过有关螲蟷的专题，这是一种生活在地下的蜘蛛。“行动迅速，极具攻击性，体内含大量致命毒素。”文中形容道，“它们长着有力的颚部和锋利的牙齿，它们用此来刺穿猎物。并且，螲蟷跑起来速度极快。”

麦克斯把双手举到头顶，闭上双眼，等待着蜘蛛的攻击。

然而，他听到的却是斯派克沙哑的声音：“你好，韦伯斯特。”

“你——你好，斯派克，”一个微弱的声音传来，几乎是在耳语，“不好意思，我——我刚才让你弹起来了吗？”

麦克斯悄悄爬向斯派克的一条后腿，恨不得自己能隐身。但这只螳螆还是看到他了。“那——那——那是什么？”他问道，用一条披着坚硬外壳的毛茸茸的腿指着麦克斯。麦克斯一听，缩得更远了。

“哦，他呀？他叫麦克斯。”斯派克说道，尾巴指向麦克斯，“别担心，他可不是蜥蜴。他是人肉。”

“是人类。”麦克斯小心地打断他。

“你再说一遍？”斯派克说。

“我是人类啦。”

“是的，是的。”斯派克说道，转头看着那蜘蛛。“还有，他脑袋顶上那玩意儿叫头发。”

“你——你好，麦克斯。”蜘蛛说。如果他不是一只剧毒无比的大家伙，麦克斯会觉得他像个害羞的小朋友。

“你好，韦伯斯特。”麦克斯呢喃道。蜘蛛露出那刀一般锋利的獠牙。"但愿那是在对我微笑。"麦克斯想。

韦伯斯特拖着步子回到自己的洞穴，最后只剩下他的眼睛露在外面。

"对——对不起，我不能留在这儿和你们闲聊了，"他说，"巴顿要我在前线挖一条隧道。"于是随着砰的一声，蜘蛛洞的大门关上了。

麦克斯长长地舒了口气。

"跟我来，巴顿就在这儿！"斯派克叫道，快步爬上了韦伯斯特洞口顶端。麦克斯则绕过洞口，生怕蜘蛛突然冲出来。那里被完美地伪装了，如果没有看到刚才的情景，没人会知道有这么个洞口。

"他就在这儿。"斯派克说，同时快速爬向一根腐烂的木头。

这木头是这片空地中最高的东西。在木头上边跟一群白蚁说话的，是一只硕大的棕色甲虫，他长着两根长长的触角和巨大的下颌。让麦克斯无法忽视的，是横跨他翅鞘的深深的疤痕。

“他一定是泰坦甲虫！”麦克斯自言自语，“全世界最大的甲虫！”

“我需要各位建造防御墙，”甲虫用深沉而洪亮的声音对白蚁们说道，“用这墙把空地围一圈。这应该能稍微挡一挡那些恶毒的蜥蜴。”白蚁们敬了个礼，跑开了。甲虫转过头来看着斯派克。当看到麦克斯时，他那身经百战的、如剪刀一般的下颌张开了。

“好，好，好，斯派克，”他说，“这小不点儿是什么？”

“报告长官，我一开始以为是蜥蜴，”斯派克说，“但他说自己是人类。”

巴顿晃动着他的触角，凑近了看着麦克斯。“人类？”他咆哮道，“不可能，我从来没有听说过这东西。”他若有所思地拍了拍自己的前腿，“好吧，这个

咱们一会儿再说。你有名字吗？”

“麦克斯！”麦克斯说。

“你是朋友还是敌人？”

麦克斯想了一秒钟，说：“朋友。”

“你觉得呢，斯派克，我的老伙计？”巴顿问道。

“我喜欢他，”斯派克郑重其事地说，“他帮我击退了一条蜥蜴。他知道蜥蜴的软肋，那就是他们的鼻孔。下次我会记着的。”斯派克开始对着假想敌挥舞他的钳子。

“嗯。关键时刻派得上用场。我喜欢士兵身上的这种品质。”巴顿说着，迅速从木头上下来，走向麦克斯。“我叫巴顿，”他自我介绍道，“我是战虫部队的领袖。”

“战虫部队？”麦克斯好奇地问。他自认为知道每个种类的虫子，但却从没听说过什么战虫部队。“什么是战虫部队？”

“毫无疑问，我们是一支军队，”巴顿说着，直直地站了起来，声容并茂地晃动着他的触角，“是一支由虫子组成的军队。你现在在战虫大本营中看到的所有生物都听我的指挥。”

“但你们为什么需要军队呢？”麦克斯问。

“为什么？”巴顿重复了一句，转向斯派克，“难道他对这场战争毫不知情吗？”

“我不确定。”斯派克说着，举起两把大钳子，把它们碰在一起。麦克斯觉得这应该是蝎子耸肩的方式。

“我们之所以需要一支军队，”巴顿转向麦克斯，继续说道，“是因为我们正遭受攻击！”

麦克斯朝他眨了眨眼睛，瞄了一眼巴顿背上棕黑色的伤疤，“敌人就是蜥蜴吗？”

“就是他们！”巴顿声如洪钟，“不然你觉得是谁给我留下这耻辱的伤疤？你难道一直住在茧里吗？”

麦克斯想了想自己的卧室、那本古老的书，以及那张地图。“我不是这儿土生土长的，”他说，“我连我自己怎么来的都不知道呢。关于蜥蜴、战争，以及这儿所有的事情，你能帮我解释一下吗？”

巴顿长叹一口气。“我们需要一张地图。”于是他用自己的一条前腿在松软的泥土上画起来。麦克斯认出这张地图就是书里的那张——所以这里就是虫岛。在它旁边，巴顿又画了另一个岛。

“这是虫岛。”巴顿用一条前腿点了点第一座岛。“而这个，”他又点了点另外一座岛，“这是爬行动物帝国。两座岛之间隔着一道窄窄的海峡，或者说它们曾经隔海相望，但最近不是了。”

他在两座岛屿之间画了一条线。

“爬行动物帝国里有座山，那座山位于离我们最近的海岸上，”巴顿接着说道，“但其实那不是一座普通的山。前几天夜里，那儿发出了可怕的隆隆声，接着山顶喷出了火焰！”

“那一定是座火山！”麦克斯惊呼。

“什么山？”斯派克问。

“火山！”麦克斯重复了一遍。“它们之所以喷火，是因为滚烫的岩浆从地心向上冒了出来。听你的描述应该是火山爆发。”

“爆发？”巴顿惊讶道。

麦克斯点了点头。“是的。当岩浆在山顶冒泡泡，然后倾泻到山下的土地时，那就是火山爆发了。”

“那天夜里就是这样，”巴顿说，那天夜里的情景他记忆犹新，“炙热的红色岩石从山的一侧倾泻而下，滚入海里。一眨眼的工夫，两座岛就被连在一起了。而岩石冷却后没多久，它们就成了蜥蜴用来侵略我们的桥。”

麦克斯心里一沉。蜥蜴是虫子世界里最致命的杀手。如果他们入侵了这座小岛，那么这儿的每个生命都岌岌可危！

“那天晚上我就在那儿，”巴顿继续说道，“不幸撞上了第一批入侵的蜥蜴里的一员。这个全身光滑的魔鬼趁我毫无防备攻击了我的翅鞘，把我的翅膀打坏了。”

麦克斯呼吸急促地说：“原来你身上的疤痕就是这样来的。那你现在还能飞吗？”

“恐怕暂时不行，我的翅膀还在恢复中。不过这并不能阻止我用其他的方式与这群长满鳞片的怪物较量！”

巴顿的英勇让麦克斯震惊。“所以你就组建了一支战虫部队来抗击蜥蜴？”麦克斯问。

“没错，”巴顿答道，“但是很遗憾，我想蜥蜴最终会胜利的。”

“你刚才看到他们有多猛了，”斯派克对麦克斯说，“而且，除了刚才攻击我们的那个黏糊糊的家伙，还有更大的怪物呢。”

巴顿点了点头。“蜥蜴已经向我们这儿进攻了好些天，现在我们几乎被包围了。我们得想出个完美的计划，智取那些皮肤黏糊糊、不停吐舌头的怪物，让他们永远滚蛋。”巴顿压低了声音，“否则——尽管我不愿这样说——否则我们就全完了！”

第5章

大黄蜂侦察机

“也许我能帮得上忙。”麦克斯说。

巴顿贴近麦克斯注视着他，“怎么帮？说句不怕得罪你的话，我觉得你这家伙有点儿太小了。”

“你有爪子吗？”斯派克问道，用钳子戳了戳麦克斯。

“没有。”麦克斯说。

“还是哪儿藏着毒刺？”巴顿一边问，一边绕着麦克斯转圈圈，用一根触角给他挠痒痒。麦克斯大笑着摇了摇头。

“那你的屁股能像投弹手甲虫那样射出酸液吗？”

斯派克问道，好奇地看着麦克斯。

“不能！”麦克斯又笑了，“你们虫子可以做很多人类做不到的事情，但我们却有个特殊的武器，就是我们的超强大脑。也许我可以根据你们的特殊才能，想想如何让你们对付蜥蜴。”

巴顿快速地晃动着他的触角，活像甩着两根又长又黑的鞭子。“嗯，有道理，这值得一试，”他说，“为了让你更好地开动脑筋，我们能帮上什么忙吗？”

“哦，首先，我能逛一下这座小岛吗？”麦克斯提议。

“当然了，”巴顿说，“我知道要派谁带你去了。”他扭动身体，一个刺耳的高音随即响彻整片空地。麦克斯意识到巴顿正在通过摩擦他身体的两节来发出这种声音。“这又是一件虫子可以做的了不起的事。”他想。

一阵巨大的嗡嗡声在空地上空回荡，然后一片阴影遮住了太阳。麦克斯抬头望去，看见一个带着翅膀的影子朝他们飞来，就像一台吵闹的发动机。那双翅膀扑腾得太快了，犹如一阵风拍打着麦克斯的耳朵。

这只飞虫落在了巴顿和斯派克身边。她的触角从那又黑又大的眼睛上方伸出来，乍一看这家伙好像在愤怒地皱眉头。她的腹部交错着亮橙色和黑色的条纹，尾巴则是一根长长的尖刺。

“大黄蜂！”麦克斯紧张地想着。他通常不怕带刺的虫子，但现在他变成虫子般大小，那样的刺够要他小命的了。那刺的长度几乎等于麦克斯的身高。

“够快的。”巴顿表扬道。

“是啊，我正好就在附近，刚吓跑了几个间谍，”大黄蜂凶恶地说，“臭气熏天的树蛙！不过他们不会再来烦我们了。”她补充道。

“干得漂亮，巴兹！”斯派克笑着说。

“确实干得好，巴兹，我的朋友。”巴顿说。他的一根触角指向了麦克斯。“他叫麦克斯，是人类。”

“他是啥？”大黄蜂没明白。

“是人类，”巴顿重复了一遍，“他有个非常强大的大脑。”

“还有头发。”斯派克补充道。

“哦。”大黄蜂表示知道了。

巴顿又转向麦克斯。“麦克斯，这位是空军指挥官巴兹，她是我们飞行编队的队长。”他说。

大黄蜂点了点她那硕大的金黄色的头。麦克斯也点头致意，试图不正眼看巴兹。他原先以为大黄蜂只有一对翅膀，但近距离一看，他发现巴兹竟然有两对翅膀。除了面部两边的一对大眼睛，在她额头的中间居然还有三只眼睛呢。“不可思议！”麦克斯暗暗想着。

“麦克斯是新来的，”巴顿对巴兹说，“他说他会帮我们制订计划，打败那些坏蛋，但首先需要你带着他看看我们的岛屿。你能载着他飞一次吗？”

“没问题啊。”巴兹说。

麦克斯看着这只大黄蜂。“真的吗？酷毙了！”他说。

“快跳上来。”巴兹说。

“来，让我的钳子帮你一把。”斯派克也来帮忙。他抓起麦克斯，把他安置在巴兹的背上，紧挨着她的脑袋。

“准备好了吗？”巴兹问。

“准备好了。”麦克斯答道，他的心脏怦怦直跳。巴兹的背上长满了坚硬的毛发。麦克斯用手抓住这些毛发，膝盖也紧紧地夹着它们。

大黄蜂的翅膀开始嗡嗡地响起来，麦克斯全身都跟着震动起来。这趟飞行肯定够他受的了。巴兹展开翅膀，他俩便直直地升空了，就像直升机一样。

“战士们，尽早回来报告，”巴顿命令道，用他的两根触角向他们挥别，“还有，注意安全。不管你们谁被敌人抓了，我都承受不了这损失。”

“别担心，长官，那些黏糊糊的怪物永远抓不到我！”巴兹在自己翅膀的嗡嗡声里喊道。

“一会儿见！”斯派克喊道，挥舞着他的钳子。

巴兹飞驰而去，一直上升，直至升到树林间。这时麦克斯可以看到他们下方的整块空地。他们飞得很高，高到巴顿、斯派克以及其他虫子看上去都成了小点点。

习惯了身后巴兹那双翅膀发出的嗡嗡声和呼呼声，麦克斯感觉坐在巴兹毛茸茸的背上其实还是挺舒服的，他开始享受这只大黄蜂高超的飞行技术了。他们在树干之间来回穿梭，发着嗡嗡声上下翻飞，差点儿就撞上树枝和摇晃的藤条。麦克斯紧紧抱着大黄蜂，小心

翼翼地向下看去。森林的地面离他们太遥远了，乍一看使他头晕目眩。这并不像坐飞机，甚至不像过山车。大黄蜂背上没有安全带保护他不掉下去，而地面却远得吓人……

就在麦克斯开始感到头晕的时候，他们飞出了森林，飞行在一片美丽海滩的上空。在森林的绿光里待久了，这儿显得尤为明亮，在他们下方，波光粼粼的蓝色海水拍打着沙子。

“就是这座桥！”巴兹大叫起来，喊声盖过了翅膀的嗡嗡声。

麦克斯做了个深呼吸，再次往巴兹的身上靠了靠。下方是一条长长的石路，像座桥似的通向附近的一座岛屿，正如巴顿说的那样。

“爬行动物帝国！”麦克斯想着，不寒而栗。这座岛并不像虫岛一样覆盖着茂密的森林，它更像是一片荒漠。岩石是灰色的，像雷雨云，零零落落地矗立着干枯的灌木。麦克斯再回头看那座桥，不禁大吃一惊。那座桥似乎正在移动！但随着巴兹往下降了一些，麦克斯意识到移动的并不是桥，而是桥上浩浩荡荡的动物大军，他们全都朝着虫岛涌去。

“每天都有越来越多的侵略者来到我们岛上。”巴兹严肃地喊道。

似乎麦克斯能想到的每一种爬行动物和两栖动物都在过桥。有壁虎、变色龙、蛇、青蛙和蟾蜍，他们滑行、爬行、跳跃着前进。这些浑身长满鳞片的大家伙左右晃动着脑袋，摇来晃去的舌头探向空气中，寻觅着虫子。麦克斯吓得浑身发抖。这些怪物多到足以吃光虫岛上所有的生命。

巴兹调转方向，跟着这队沿着海岸行进的入侵者。让麦克斯感到惊恐的是，他看见这些怪物上岸后往森林深处挺进了。如果他们进入森林，那么用不了多久就会到达巴顿和战虫部队驻扎的空地了！

“我们正在尽全力阻止他们，但他们的队伍实在是太庞大了。”巴兹说着，朝着一个沙洞俯冲下去，在那里，几只狼蛛正和一群绿蜥蜴酣战。麦克斯屏住了呼吸。这时，一只狼蛛用后腿站立起来，发出响亮的嗞嗞声。一条蜥蜴愤怒地挥动着舌头。狼蛛予以反击，他的腿前前后后忙活着，直到四周的空气被他的绒毛团填满。

麦克斯发出兴奋的喘息。他读到过狼蛛利用脱落的绒毛自卫的故事，但却从没想过自己也能亲眼看见这一幕。他从书里得知，狼蛛腿上脱落的毛发会粘在猎物身上，使他们染上皮疹，痛苦不堪，甚至会造成暂时性失明。他看到那条蜥蜴发出一声可怕的尖叫，接着开始在沙地上跌跌撞撞。

“好样的，狼蛛！”麦克斯喊道。

他们继续飞行，麦克斯发现一只螳螂直立扇动翅膀。麦克斯从书上得知，当螳螂遭受攻击时，他们就会做出这个动作。麦克斯定睛一看，发现一条壁虎在沙地上来回窜动，逗弄着那只螳螂。麦克斯真希望能帮上什么忙，但现在自己就是个小不点儿，而那壁虎则有短吻鳄那么大。巴兹是对的，爬行动物太多了，而且他们又大又猛。

巴兹放慢了速度，在一块灰色的大石头上空盘旋。蹲在石头上的是麦克斯这辈子见过的最大最丑的蜥蜴。他的鳞片是深棕色的，圆溜溜的黑眼睛闪烁着邪恶的光芒。他那硕大的泥巴色的头从一边晃到另一边，检阅着行进的军队，那条分叉的黄色舌头不停地伸缩着。

“保持队形！”他向一队小青蛙发出咝咝声，“否则我就跳下去把你们压瘪！”

“那是科莫多将军！”巴兹喊道，同时飞得更低了，“他是侵略军的指挥官！”

但还没等麦克斯接过话，这条巨大的蜥蜴就抬起了头，圆溜溜的眼睛里闪烁着愤怒。接着，他那又长又黏的舌头像出手的鞭子一样，一下闪了出来，直直冲向了他们！

第6章

蜥蜴在逼近

“当心！”看到大蜥蜴的舌头吐到空中，麦克斯大叫道。

巴兹一个侧身急转，差点儿把麦克斯从她背上甩出去。他紧紧抓住巴兹的毛发，随着巴兹往上猛冲，麦克斯的双腿在半空中摇晃着，他俩直冲至那条大蜥蜴鞭长莫及的高空。正当他们火速飞离这支凶残的侵略军的时候，麦克斯感觉自己再也坚持不住啦，他的手开始打滑了。“救命啊！”他大喊道。

但是为时已晚。麦克斯的手一滑，突然从空中坠落。他把眼睛紧紧闭上，不敢看越来越近的地面。从

这么高的地方摔下来，根本没有活路。他会摔个粉身碎骨，然后……

砰！

麦克斯的心都提到嗓子眼儿了。他睁开眼睛一看，原来自己坐在了一片绿色的大叶子上，就像妈妈的床一样大。麦克斯简直不敢相信自己能有这样的好运——如果晚掉下来一秒钟，他就完全错过这片叶子了。

但还没等他把屁股坐热，一阵不大不小的风就呼呼地穿过树林。这片树叶随即开始摇摇晃晃、歪歪斜斜，转眼间变作一架巨大的绿色滑梯。

“救命啊！”麦克斯再次呼喊起来，眼看着就要从油光闪亮的叶片上滑下来了，“我快不行啦！”

“再坚持一会儿！”他听见巴兹在上边的什么地方喊道。

“不行啊！我什么也抓不住啦！”

麦克斯滑落的速度越来越快。空气掠过他的脸颊，他双眼泛起泪花。叶子的边缘离他越来越近了，下边的地面不仅犹如万丈深渊，而且爬满了夺命的蜥蜴。

“我的老天爷啊！”麦克斯又大叫起来。他滑呀滑，溜啊溜，掉啊掉，然后——

猛地一下，他开始上升，他的 T 恤被什么东西提着腾空而起。

麦克斯伸长了脖子，看见巴兹用一条腿钩住了自己的衣领。巴兹扑向一棵树，将麦克斯扔在一根大树枝上。

“对不住啊，朋友，”巴兹说着，降落在他旁边，“有那么一瞬间，我以为你没救了。”

麦克斯喘了几口粗气，他原本也以为自己没救了。身体变得和虫子一样大，是一种让人提心吊胆的状态。心跳平缓些后，麦克斯从树枝的边缘向下望去。地面

离他那么遥远，但他依然能辨认出科莫多将军棕色的身影，他还盘踞在石头上。树枝在微风中轻轻颤动。麦克斯感觉很不舒服。

“谢谢你，巴兹。”他虚弱地说。

“来吧，快跳上来，”巴兹说，“我们得尽快回去找巴顿。”

麦克斯爬上了巴兹的一条长满毛的腿，坐回到巴兹脑袋的后边。巴兹的翅膀再次嗡嗡地扇动了。

巴兹朝着树梢飞去。麦克斯的心脏激烈地跳动着，但他依然逼着自己看了一眼地面。地面挤满了各种爬行动物，他们不久后就要到达巴顿的营地了。他必须得想想办法，战虫们的生死存亡在此一举了。就在他们快要回到大本营的时候，一样东西在阳光下闪闪发亮，这引起了他的注意。

“那是什么？”麦克斯朝着巴兹喊道。

“花粉河，”巴兹回答，“它是从尖牙山流下来的。”

“我们能靠近点儿看吗？”麦克斯问。

“没问题！”

巴兹飞过空地，来到河边。他们靠近时，空气中充满了流水的轰鸣声。麦克斯抓得异常紧，斜着身子想看真切。在他们下方，河水泛起泡沫，就像巫婆沸腾的大锅。在更远的一边，地面倾斜着上升，连着一排嶙峋的山峰，宛如一排尖尖的牙齿。麦克斯明白为什么这山叫作尖牙山了。那一边的河岸依偎着山脚，覆盖着野花编织的绒毯，一棵小树挺立其间。麦克斯回头望向汹涌的河水。

“你觉得那些蜥蜴能过河吗？”麦克斯若有所思地问巴兹。

“不可能，这水流得太快了。”巴兹回道。

麦克斯微微一笑。虫子们可能不是蜥蜴的对手，但或许有种方式可以使他们躲过一劫。

“我有办法了！”麦克斯叫道，“我们快去找巴顿。”

“好嘞。”巴兹说。这只大黄蜂猛一加速，嗡嗡地飞回林中空地，落在巴顿和斯派克站着的那根木头上。

“欢迎回来，我的战士们。”巴顿说。

“又见面啦。”斯派克挥挥他的钳子说。

“快告诉我，现在敌人行进到哪里了？”巴顿问。

“恐怕从没有离我们这么近过，长官，”巴兹如实相告，“但是狼蛛分队防御得不错。”

巴顿点了点头。“狼蛛都是好样的，”他说，“我就知道他们不会让我们失望的。”

“我想到了一个主意。”麦克斯兴奋地说。

巴顿转过身来看着他：“什么主意？”

“花粉河。”麦克斯说。

巴顿茫然地看着他。

“蜥蜴不能过河，”麦克斯解释道，“水流的速度对于他们来说太快了，但或许对我们来说不成问题。”

巴顿点了点头。“那些有翅膀的倒是可以。但那些不能飞的呢？还有，此刻飞不了的怎么办？我们不能丢下他们——那样就违背了战虫部队的誓言。”

“什么誓言？”麦克斯问。

“一个都不能少。”斯派克和巴兹异口同声地高喊。

麦克斯皱起了眉头。“必须得想办法让所有虫子过河，”他说，“我们需要一条船。”

“一条什么？”巴顿大叫道。

“一种能浮在水面的东西。”麦克斯说。

“叶子能浮起来。”斯派克建议道。

“是的，”巴顿说，“但我们需要能搭载整支军队过河的东西，比如一座桥。”

就在此时，一队行军蚁从他们眼前走过。

“有了！”麦克斯喊道：“就是行军蚁。他们可以搭起一座桥，让其他虫子过河。”

“对于一座行军蚁搭的桥，我肯定是超重的，”斯派克忧伤地说，“我会踩扁他们的。”

“没错，”巴顿说，“他们不可能撑住大型虫子。”

麦克斯绞尽了脑汁。他的思路又重新回到了那条河。它其实不太宽，要是能让他们都过去就好了。如果他还像原来那么高大，或许过河也就是蹦一蹦的事。他想起了祖父母家树林里的那条小溪，也想起了祖父是如何用一根木头架起一座桥的。是啊，木头。树上就有。

“树！”麦克斯叫道，“我们可以从河对岸的树上砍下木头做成桥。如果要用这个办法，那我们首先要把巴顿送到对岸去。”

巴顿、斯派克和巴兹都茫然地看着他。

“河对岸有棵小树，就在岸边。”麦克斯解释说。他转向巴顿，继续说道：“像你这样的泰坦甲虫非常善于咬穿木头。虽然你暂时还不能飞，但是行军蚁可以帮你率先过河。你把树咬断，让它自己倒下来，刚好横跨河面。这样，树干就变成一座足够坚固的桥，让我们大家都能过河了！”

巴顿、斯派克、巴兹你看我，我看你。

“嗯，这招应该管用，”巴顿说，“而我自己也是做这份差事的不二之选。你们知道吗，有一次我啃穿了一棵橡树。”

“长官，在你啃树的时候，我可以先空运一些伙伴过河。”巴兹说着，飞入空中，在他们头顶盘旋，“其他长翅膀的虫子也可以帮忙。”

“太棒了！我们有计划了。全体都有，各就各位。”巴顿命令道，“你真棒，麦克斯。你的超强大脑可真是帮了大忙。”

麦克斯露出了笑容——但他的微笑迅速消失了。因为此时，一条蜈蚣慌慌张张地向他们跑来，所有的腿忙乱地动着，就像一道水波。

“报告长官！”他大叫道，“蜥蜴军队已经到达通往空地的小路了。他们马上就要到这儿了！”

第7章

行军蚁好样的

“我们要怎么做？”斯派克大喊。

“我们需要集中大伙儿的注意力。”麦克斯看着挤满空地、手忙脚乱、心神不宁的虫子们说。

话音刚落，巴顿就扭动着他那褐色的大身板，发出一阵超大的声音，大到麦克斯不得不用手指捂住耳朵。那声音太恐怖了，就像什么人用他的指甲在刮黑板。不过这招奏效了。大伙儿都循着声音转向了巴顿。

等大家都安静下来，巴顿开始说话了。“他叫麦克斯，是个人类。他为我们的战斗想了个妙计。”

“他拥有一个超强大脑。”斯派克补充道。

成百上千只虫眼都盯着麦克斯看。

“我想我们找到了摆脱蜥蜴攻击的办法。”麦克斯喊道。

这时，虫堆里响起了叽叽喳喳的声音，大家都开始兴奋地谈论起来。

“肃静！”巴顿吼道，“我们现在一秒都不能浪费。科莫多将军和他那群吐舌头的大兵随时都可能兵临城下。行军蚁，前排集合！”

所有的行军蚁都来到前排。麦克斯喘着粗气。霎时间，成千上万只蚂蚁集合在一起。

巴顿快速向大家解释了麦克斯的计划。他一说完，行军蚁的队长便走上前来。

“请允许我发表意见，长官。”她说。巴顿点了点头。“我们架起的桥梁只能允许其他蚂蚁通过，甲虫不能通过，否则桥会断的。”

“是的，”巴顿说，“这点我想过。你们只要尽可能保证桥的坚固，我必须冒这个险。”

麦克斯看着这只勇敢的甲虫。他没有想过这个计划对于巴顿来说是多么的危险。如果桥断了，那么这位战虫部队的指挥官以及那些蚂蚁们就都要被水流冲走，然后淹死在河里了。但如果不尝试，那么所有的虫子都要成为侵略大军的肚中餐了。

“听好，我们必须赶到河边，”巴顿把该说的说完了，“所有能飞的虫子，都听巴兹指挥。如果可以的话，顺便带上一只不会飞的同伴。其余的各位跟我们来！”

“祝你们好运！”巴兹喊道，她的背上载着潮虫一家。两只蜜蜂跟着她，几只小甲虫抱着他们的腿。

“我——我想我们最好也走。”麦克斯后面一个细细的声音说道。他转过头看见蝰蛸韦伯斯特走出了他的洞穴。“你——你想搭个便车吗？”他害羞地问，“八条腿跑得比两条腿快。”

麦克斯点了点头，爬到了蜘蛛毛茸茸的背上。巴顿、韦伯斯特和斯派克领路，整个战虫部队都跟在他们后边快步前进。

没多久他们就来到了河边。河水奔涌着，水雾笼罩着他们。

“就是那棵树，”麦克斯对巴顿喊道，“你觉得能啃断它吗？”

巴顿看着在微风中摇曳的小树。“当然！”他信心满满，“这不过是午餐前的小点心而已！准备好了吗，蚂蚁们？”

“全体立正，”行军蚁的队长喊道，“我们可以利用河中央的石头。从这里搭到那块石头，再借助石头搭到那棵树下。”

麦克斯屏住呼吸，看着蚂蚁们把自己的身躯当作建筑材料。首先两只蚂蚁用脚和巨大的口相互抓着对方，然后另一只则抓住这两只，接着又一只。很快，河水边的鹅卵石上就形成了一条由蚂蚁连成的长线。

“开始往水中造桥。”队长命令道。

一群蚂蚁随即挪到水边牢牢站立，把蚁队在这头固定好。其他蚂蚁则爬到她们身上，开始在湍急的水流之上造桥。更多的蚂蚁加入了她们，之后越来越多。不一会儿，这座桥至少有十二只蚂蚁的身子那么宽，五只蚂蚁叠起来那么厚。这座桥渐渐延长，直到够着那块石头。更多的蚂蚁爬过这座桥，越过岩石，并开始建造另一边。很快，这座蚂蚁桥就横跨了花粉河，延伸至河对岸的小树下。

“我们准备好了，长官。”在桥上坚守岗位的蚂蚁队长对巴顿说道。

“干得漂亮，队长。”巴顿说。接着，他示意停在身边的巴兹。“如果我有什么不测，空军指挥官，”他严肃地说，“那么战虫部队就由你来领导。”

“遵命，我不会让你失望的。”巴兹也严肃地说。

麦克斯攥紧了拳头，看着巴顿小心翼翼地向这座蚁桥迈出第一步。他知道蚂蚁是很强壮的虫子，每只蚂蚁都可以承受自身体重好几倍的重量。但巴顿的块头比二十只蚂蚁加起来还大，何况蚂蚁们还得同时和暴怒的急流斗争。只要有一只蚂蚁扛不住，整座桥就会崩塌，而巴顿也会淹死。巴顿的前四条腿踏上桥面的时候，麦克斯看到蚂蚁的身体都变形了，他们彼此甚至比之前拉得更紧。在麦克斯身边，韦伯斯特已经挖了个洞，把自己藏在里边向外偷瞄。巴兹则紧张地在空中打圈圈。

巴顿尽可能快地在桥上走着。他每走一步桥都会颤抖，看似岌岌可危。

“哎哟！”一只蚂蚁叫道。

“坚持住！”另一只蚂蚁大喊。

就在巴顿挣扎着到达河中央那块石头的时候，他的一条后腿将一只蚂蚁碰进了湍急的水流中。其他蚂蚁大喊起来，桥也开始摇晃，但并没有断。

“救救我！”那只蚂蚁呼喊着，眼看急流就要把她冲走了。

巴顿急中生智，把自己长长的触角伸向她。

“抓住！”他喊道。

蚂蚁把腿往上抬，但是根本够不着。

“加油，战士！你能做到！”巴顿喊道。

蚂蚁又抓了一次，刚好抓住了一根触角的末梢。慢慢地，巴顿把她从水里拉了出来，直到她爬到石头上。

“谢谢你，长官。”湿淋淋的蚂蚁喘着粗气，瘫倒在巴顿面前。

巴顿点了点头。“一个都不能少，”他坚定地说，“你先在这儿等着，我的战士。我的事还没做完。”

说罢，他就爬到了石头的另一边，准备走完蚁桥的第二段。他小心翼翼地踏出第一对腿。但就在第二对腿即将踏上蚁桥的时候，他的前脚滑到一边，身子

落入水中。所有虫子都倒吸了一口凉气。

“巴顿！”麦克斯边喊边冲了上去。

这只勇敢的甲虫用两脚抱住岩石，而身子其余部分则掉入水里。

“我们必须帮他一把！”麦克斯气喘吁吁地说。

“我带你飞过去，”巴兹说，“快！”

麦克斯抓住巴兹的一条腿，被她拉向空中。

“巴顿，坚持住！”麦克斯喊着，放开巴兹的腿跳到岩石上。

虽然巴顿的前脚抱着岩石，但水流得实在太快了，他还是无法回到安全的地方。

麦克斯抓住巴顿的一条腿，使出吃奶的力气把他拉起来。巴兹也在空中盘旋，拽着巴顿的触角。麦克斯猛地往后一栽，巴顿终于挣扎着回到了岩石上。

他费力抖动了一下身子，水溅了麦克斯一身。

“谢谢你们。”他感激地说。

“一个都不能少！”麦克斯和巴兹异口同声地说。

“再试一次吧，”巴顿说，“准备好了吗，蚂蚁们？”

“好了！”蚂蚁们高喊。于是巴顿第二次走下岩石。麦克斯屏住呼吸，但这次巴顿没有失足，而是缓缓走过了蚁桥。终于，他的六只脚全都踏上了对岸的鹅卵石。他成功啦！

蚂蚁们愉快的欢呼声响彻小河两岸。巴兹舒了口气，伸出一只脚擦了擦额头。麦克斯跳上她的后背，飞到韦伯斯特藏身的地方。

“你现在可以出来啦！”麦克斯微微一笑。“巴顿安全了。”

这时巴顿已经开始在那棵树上忙活了，有力地啃着坚硬的树皮。蚂蚁们则开始拆桥。她们一个一个地从彼此上方跑过，直到所有蚂蚁都到达对岸，并整齐地在巴顿身边站成一排排队伍。

她们走近时，巴顿瞅了一眼，但并没有停止啃树。他已经啃穿一半了，小树开始向小河的方向倾斜。终于，啃咬的地方传来一个响亮的断裂声。

“后退！”小树折断时麦克斯喊道。小树哗啦一声倒在岸边，同时形成了一座坚不可摧的桥。

虫子们欢呼雀跃，麦克斯也如释重负地笑了。他的计划成功了！

“干得漂亮，巴顿！”麦克斯喊道。

巴顿快速走到桥上，挥舞着他的触角。

“前进，前进！”他喊道，“咱们现在分秒必争！”

麦克斯和韦伯斯特站在旁边，看着第一批虫子蜂拥而过，里边有潮虫，有蠼螋，也有一些较小的蜘蛛。麦克斯注意到狼蛛的队伍加入了大部队的队尾，他们中有的受伤了，走路一瘸一拐。

“敌人来了！敌人来了！”

麦克斯一扭头，看到斯派克全速冲向他们。

“蜥蜴已经近在咫尺，”他喊道，“就在我们后面！”

麦克斯朝森林看去，胃一阵痉挛。一群巨大的蜥蜴从草木间夺路而出，领头的正是科莫多将军！

第8章

战虫的还击

麦克斯倒吸一口凉气。在蜥蜴赶到之前的这段时间，不能让所有的虫子都过桥。战斗成了他们唯一的选择。

“在其他伙伴逃命的时候，我们必须拖住蜥蜴。”麦克斯坚定地说。他跑向一棵灌木，那上面长满了又长又锋利的尖刺。他拔下一根刺，在空中挥舞，就像挥舞着宝剑。

“加油，斯派克，”他喊道，“让这些长满鳞片的恶棍看看我们的本事。”

斯派克咧嘴一笑。“没问题，麦克斯！”他说，“跳到我背上！”

麦克斯一个助跑，跳上了斯派克的背。

“蝎子攻击队！”斯派克朝着虫子们大喊，“跟我来！”

几只蝎子快步迎向敌人。麦克斯看到他们中有肥尾蝎、以色列金蝎和墨西哥雕像木蝎，所有蝎子的毒刺上都有致命的毒液。

蝎子们摆好架势，在桥和蜥蜴之间站成一排，斯派克和麦克斯站在队前。这场面就像站在一个骑兵队前，所有人都等待着，随时准备出击。数百条蜥蜴蜂拥而来，麦克斯感到地面在颤动。

“停！”科莫多将军用他深沉而洪亮的声音喊道。所有蜥蜴都停了下来，站在蝎子对面，身上的鳞片在阳光下闪闪发光。

“游戏结束了，你们这些可怜的虫子们，”科莫多将军吼道，长长的舌头从口里甩出来，“你们都得成为我们的美餐——当然，你们也可以投降！”

“做梦！你这发育过度的蝌蚪。”斯派克回呛道，“你们倒是来打我们啊，怕是不敢吧！”

科莫多将军一声雷霆大吼，大得麦克斯的肋骨都跟着震动。“我们的一日三餐就吃你们了。”他啐了口唾沫。“而且我觉得应该从你开始，”他伸出爪子指了指斯派克，“还有你背上那只丑八怪。”

麦克斯挥舞着手里的尖刺。“那你得先打败我们！”他大喊。

斯派克和其他蝎子呐喊起来，而蜥蜴则发出了咝咝声。斯派克高扬着钳子和毒刺，好让自己看上去够可怕。对方的队伍也在摩拳擦掌。

“用上你们的钳子和毒刺，”麦克斯轻声对其他蝎子说，“攻击他们的鼻孔，那是他们最大的弱点。”

“我给你们最后一次机会！”科莫多将军喊道，“马上投降！否则你们会死得很惨。”

“别做梦了，”斯派克回道，“滚回你们自己的岛去，只会吐舌头的怪物！”

“那我们就不客气了！”科莫多喊道，“进攻！”

蜥蜴大军随即冲过来，露出獠牙和闪闪发光的长爪子。

“冲啊！”麦克斯和斯派克齐声呐喊，而斯派克在呐喊的同时已经冲上前去了。

当他们撞上第一条蜥蜴的时候，麦克斯几乎从斯派克背上栽了下来。斯派克径直将毒刺扎向他的鼻子。那条蜥蜴退了回去，疼得在地上打滚。

正当斯派克准备迎战下一条蜥蜴的时候，麦克斯感觉自己的背上溅满某种液体。他转过头来，看见一条火蜥蜴把舌头伸得长长的，黏稠的口水从舌尖滴下来。

“当心，斯派克！”麦克斯喊道。

斯派克及时转过身来。他致命的毒刺在空中划过，

掠过麦克斯的脑袋，刺进火蜥蜴的皮肤里。火蜥蜴嗞的一声把舌头卷进口里，一瘸一拐地逃了。麦克斯长舒了一口气，环顾着其他蝎子。他们和斯派克一样勇猛地战斗着，很快就把几乎所有敌人都打退了，让他们痛得嗷嗷叫。

麦克斯回望那座桥。只剩下少部分虫子还没过桥了。“其他虫子基本上都过河了，”他对斯派克说，“如果我们现在撤退，就有可能在蜥蜴追上我们之前逃到河对岸。”

“但我才刚刚打出点儿手感呢！”斯派克开玩笑地说。

“到底是怎么回事，你们这群饭桶！”科莫多将军对他的军队喊道，“踩扁他们！消灭他们！吃掉他们！”他猛冲过来，巨大的脚踩踏着大地。

“不过转念一想，好像咱们是该撤了。”斯派克说。

“蝎子们！”麦克斯喊道，“去河对岸！”

所有蝎子都转身跑向了那座桥。他们一个接一个地快速过桥，斯派克和麦克斯也跟在他们后边。但让麦克斯感到恐慌的是，蜥蜴们正在逼近。

“快跑，斯派克！快跑！”麦克斯喊着，紧紧抓住斯派克的背。在他们跑过桥的一半时，第一条蜥蜴已经冲到桥头了。

科莫多将军高声发布号令。“快给我追！”他尖叫着，“动起来，你们这些蠢蛋！”

斯派克加快速度朝着虫子们冲去，他们焦急地聚集在远处的河岸上。就在他快到终点时，一不留神滑了一下，掉进湍急的水中。麦克斯喘着粗气，差点儿被甩上天。斯派克用一只钳子夹着树桥，在上面晃来晃去，而麦克斯则紧紧抓住他。他们身下的流水激起泡沫，身后的蜥蜴发出咝咝的尖锐笑声。

但忽然之间，这笑声被头顶一种熟悉的嗡嗡声淹没了。是巴兹！

“飞行中队，现在进行俯冲轰炸！”巴兹大喊。

麦克斯依然坚持着，他看见大黄蜂巴兹和其他飞虫开始对桥上的蜥蜴进行俯冲攻击，朝他们飞去，然后向他们全身猛扎。蜥蜴发出咝咝声，用他们的爪子和舌头对着飞虫扑打，但是巴兹和她的伙伴们飞得太快了，左一下右一下，总是让蜥蜴们扑个空。

“坚持住！”巴兹喊着，飞到斯派克身下，终于又把他推回桥上。

麦克斯在斯派克的脚重新踏上树桥的时候长舒了一口气。斯派克火速走完剩下的路程，终于重回干燥的地面。

“我们做到了！”巴顿大喊，“所有虫子都过来了。”

“确实，长官，但好像所有敌人也会过来。”巴兹在大家头顶上盘旋，边飞边说道。麦克斯回头看向河对岸，发现越来越多的敌人正在涌向树桥。“快，”他喊道，“我们必须毁掉那座桥！”

虫子们来到桥头，使出浑身气力一起推动树桥。但桥上的蜥蜴让这桥变得好重。

“推啊！”巴顿大喊。

“也——也许我可以帮上忙？”韦伯斯特从他藏身的洞口下边蹿了出来。他冲到桥头，用前面四只脚顶着木头，然后用自己硕大的身体不遗余力地推着。树桥开始晃动，而那些蜥蜴也警觉地发出咝咝声。

“加油，韦伯斯特！”麦克斯大喊，桥开始移动了。韦伯斯特最后用力一推，一使劲儿把桥的这一头全推到了水里。蜥蜴纷纷跌入水中，被河水冲走了。

河对岸，科莫多将军发出一声怒吼。

“快给我追！”他尖叫道，举起巨大的爪子，将一条壁虎推到了水里。水流太急了，这条壁虎也被冲走了。

“没用的东西！”科莫多将军喊道。他看了看其他士兵，一个劲儿地摇头。然后他回过头看向河对岸。“我会找你们算账的，该死的虫子，”他咒骂道，“别以为你们这就安全了。我的蜥蜴大军也会想办法到对岸去，然后我们会把你们全部吃掉，一个都不留！尤其是你！”他咆哮着，怒视着麦克斯。

第9章

尖牙山之夜

蜥蜴们溜回森林的时候，战虫们纵情地欢呼起来。狼蛛们抬起韦伯斯特，和他一起在河岸边跳舞，蝎子们则围绕在斯派克身边。

“士兵们，现在还不是庆祝的时候！”巴顿在大伙儿嘈杂的声音中大喊，“我们得首先确保安全。”

巴兹在他们头顶上嗡嗡地叫着。“趁着天色还没暗下来，我要去侦察一下蜥蜴的动向。”她说。

“好主意，”巴顿点了点头，“我们会走得远一点儿，在山上扎营。萤火虫会亮起灯，告诉你我们的位置。”

巴兹于是一溜烟飞走了，其他虫子则开心地往山上走去，寻找扎营过夜的地方。很快，他们发现一个悬崖底部有可以遮风挡雨的地方，巴顿就命令大家停下脚步。所有的虫子开始让自己适应这个地方，感觉越舒服越好。韦伯斯特挖了个地洞，潮虫和蠼螋爬到石头下边，蜘蛛们则织起了网。麦克斯看着他们，想起了自己家里的床。现在，所有的兴奋都消失了，他忍不住想知道自己是否还能回到自己的世界中去。

一个微弱的嗡嗡声在天空中渐渐变得响亮，随后巴兹停在了麦克斯身旁。巴顿、斯派克和韦伯斯特赶紧凑过来。

“空军指挥官，有什么情报？”巴顿问。

“敌人已经撤退到森林了，长官，”巴兹答道，“我偷偷飞到营地上空，听到了他们的计划。明天，科莫多将军会派手下四处寻找其他可以过河的路线。”

“和我想的一样，”巴顿搓着他的触角说道，“虽然我们打了场漂亮仗，但是战争还没有结束。”他爬上一根木头，发出刺耳的声音引起大伙儿的注意。所有虫子都安静下来，转身面向他。“战士们，你们今天都神勇无比，但我们应该特别感谢一只虫子，或者应该说是生物。”他的一根触角指向了麦克斯，“要不是麦克斯想出的妙计，恐怕我们现在都已成为蜥蜴的腹中餐了！”

“还应该谢谢他的超强大脑！”斯派克插了一句。

所有虫子都呐喊起来。麦克斯感觉自己的脸蛋儿越来越烫。他环顾四周，看着欢呼的甲虫和激动地摩擦翅膀的蟋蟀。一些潮虫把自己卷成了球，兴奋地在地上滚来滚去。

麦克斯咯咯笑起来。这一切都太不可思议了，他不仅来到虫岛，还遇见了这些奇妙的生物。但如果他永远回不了家怎么办呢？想到妈妈可能会在叫他吃饭的时候发现他不见了，麦克斯脸上的笑容就消失了。

“怎么了，麦克斯？”斯派克问着，把一只钳子搭

在了麦克斯的肩膀上。

“我只是有点儿担心回不到我自己的世界里，回不到人类的世界。”麦克斯解释道。

“你是怎么来到这儿的？”巴兹问。

“其实我也不明白，”麦克斯说，“所以我不知道如何回去。”他开始感觉有点儿难过了。

“你必须回去吗？”巴顿问，“我们还很需要你的帮助。蜥蜴虽然暂时被打败了，但他们也许还会回来的。”

麦克斯点了点头。“我必须得回家。妈妈会担心我的。不过一旦弄清楚如何来到这儿的，我保证还会回来的。”

“好吧，伙计们，”斯派克说，“麦克斯帮助了我们，现在轮到我们帮他了！”

“是的，是的，”巴顿说，“我们得帮你想起你是如何来到虫岛的。”

“你来这儿之前做的最后一件事是什么？”巴兹问。

麦克斯冥思苦想。他能记起来的最后一件事，就是通过放大镜看地图。虽然地图在他遥不可及的卧室里，但放大镜却还在他的口袋中。他把它取出来，拿在手上。

“当时我透过放大镜看地图，接着就感觉自己好像掉进这放大镜并且穿越了，紧接着就发现自己来到这儿了。”

“这样啊。如果你再透过它看一看，是不是就回去了呢？”斯派克建议道。

“有道理！”麦克斯说。他深吸一口气，透过放大镜朝下看去。但什么都没有发生。

“天啊！”斯派克说。

“你确定那时是低着头看的吗？”巴兹问。

麦克斯伤心地点了点头。“是的，那时我正看着虫岛的地图，接下来的事情就是我出现在这儿了。”

“哦，”巴顿说，“好奇怪啊。”

“我——我有个主意。”韦伯斯特细声细气地说。

“什么主意？”麦克斯焦急地问。

“如——如果你来时是往下看，也——也许回去得往上看呢。”韦伯斯特喘了口粗气，退回他的洞口去了。

“值得一试。”巴顿说。

“好吧。”麦克斯说。他最后环顾了一下四周，看了看所有欢呼雀跃的虫子，便将放大镜举向暗沉沉的天空。就在他透过玻璃向上看的时候，他感到脚下奇怪的颤动又开始了。“应该没错了！”他大喊着。

“再见啦，麦克斯！”他的伙伴们异口同声地叫道。

“再见！”麦克斯也喊道。

“记得快快回来看我们呀！”斯派克说。

麦克斯继续看着放大镜。有那么一会儿，他看到的只有漆黑的天空，但接着天空就不见了，被吞没在了旋涡般的黑雾中。麦克斯感觉自己被一点儿一点儿地往上拉，胃里翻江倒海……直到他轻轻落地。

也就一眨眼的工夫，麦克斯回到了自己的卧室，手里握着放大镜，正看着百科全书上虫岛的地图。

“麦克斯！”楼下传来了妈妈的声音。“我最后说一次，晚餐已经做好了！”她不耐烦地大叫道。

麦克斯看了看桌上那个蜘蛛形状的闹钟。时间几乎一点儿都没有流逝，可他都在虫岛上度过了好多个小时了呀。他和虫子对话，骑着蝎子到处跑，跟又大又饿的蜥蜴较量，但在经历了这么多事情之后，现在居然还是饭点儿呢！

“至少没让妈妈担心。”他想。

于是他大叫道：“妈妈，我来啦！”

他放下放大镜，又看了一眼虫岛的地图。在那儿的某个角落里，有斯派克、巴顿、韦伯斯特、巴兹和所有其他的虫子，他们正身处一场战争中。他还会再见到他们吗？但愿如此吧。就在麦克斯准备合上书的时候，他的目光被什么东西吸引住了。他再次打开书页，盯着地图看。如果不用放大镜，是很难看清这些小岛的，但是他非常确定那只黑色的蝎子正朝他挥舞着一只钳子。

麦克斯盯着这页看了一会儿，然后咯咯笑了。他合上百科全书，小心翼翼地把它放在书架的一头，靠着一个蜈蚣形状的立书板。他又看了看书脊上那只金色的蝎子。

麦克斯隐隐感觉，自己很快还会回到虫岛的。

现实中的战虫！

泰坦甲虫

作为世界上最大的甲虫之一，泰坦甲虫真是名副其实。一只成年泰坦甲虫可能身长 16.5 厘米！它们强壮而平坦的身体上，长着长长的腿、巨大的触角，以及一对短而锋利的下颚，足以吓退捕食者，让人惊叹。它们的下颚强壮而有力，甚至可以把一根铅笔咬成两截儿！

泰坦甲虫基本都在地底下活动，只有成年雄性甲虫要找雌性甲虫时才会出来。这种甲虫很难寻觅踪迹，然而，它们很容易被黑暗里的强光吸引，科学家们可以利用这种特性来寻找它们——如果科学家不怕那些吓人的下颚的话！

蚂蚁

蚂蚁是世界上数量最多、分布最广的昆虫之一。在这个星球的每一块土地上，几乎都有蚂蚁的足迹。它们在 1.1 亿年前就开始了进化的历程——当初还是恐龙在统治地球呢！

蚂蚁们最令人惊叹的团队合作案例之一，便是用自己的身体架桥了。由于体形太小，即便是高枝或浅溪中最小的间隙，蚂蚁似乎都无法跨越。但是通过连接彼此的腿，蚂蚁们可以架出一座桥，通向它们想去的地方。

如果这还不够神奇的话，火蚁们甚至还能发动整个族群的力量，用它们的身体造出一艘救生艇来。有了这一绝活，就算遇到洪水，它们依然能够幸免于难，安全地漂向河的下游。

重返虫岛！

科莫多将军和他的军队又发动进攻了！为进行山地袭击，科莫多集结了一整队长着角的蜥蜴。战虫部队必须得想出一个完美计划——否则就全盘皆输！

麦克斯的返岛之旅危险重重——但是虫岛需要他！

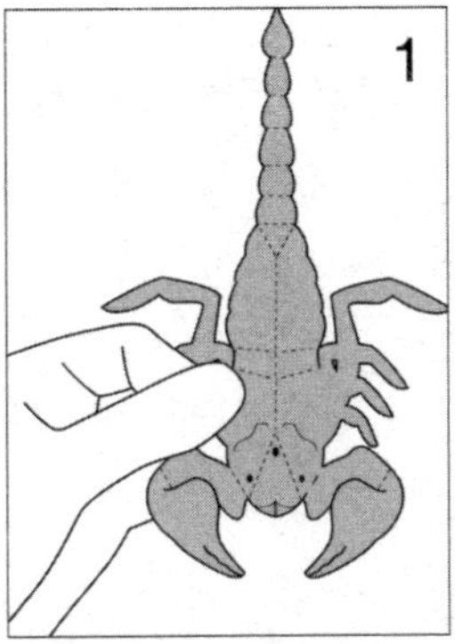

将蝎子沿红线从卡片中剪下，之后看起来是这样的。

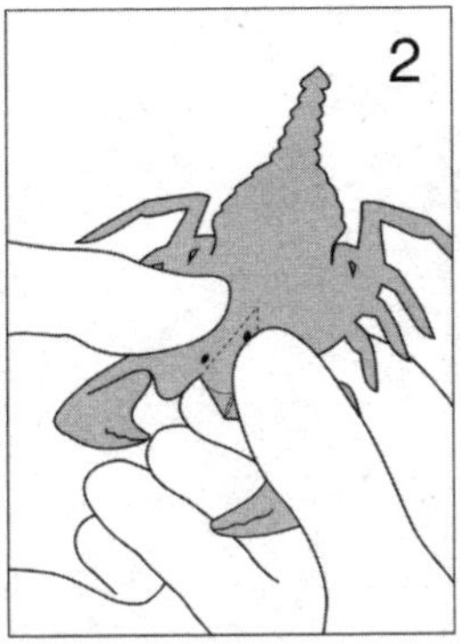

沿着头部的虚线折叠。

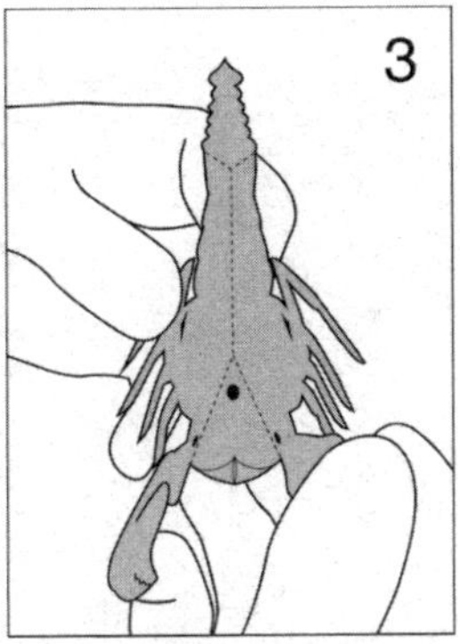

沿着背部和尾部的虚线折叠，做出大致身形。

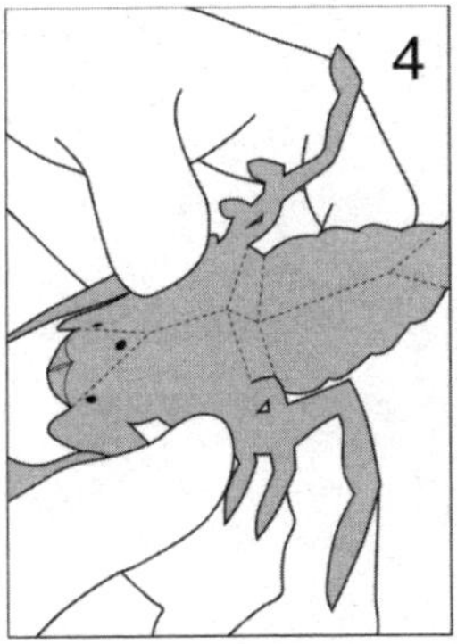

沿着身体正中的虚线折叠，做出锯齿形。

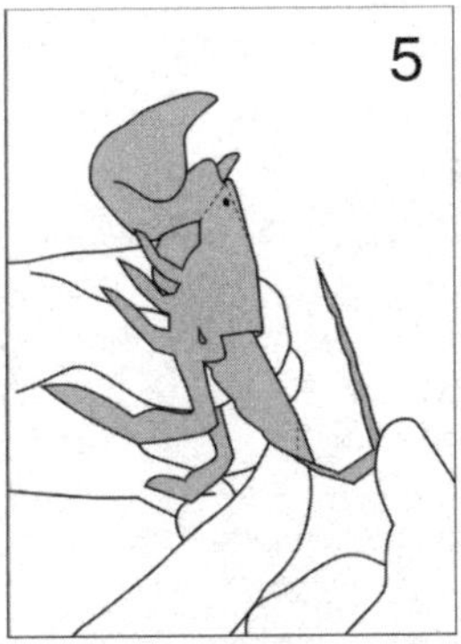

将身体正中的锯齿形往下前方折叠，然后将下半身沿着中线向下折叠。接着，沿尾部的虚线向上折叠，形成一个弧形。

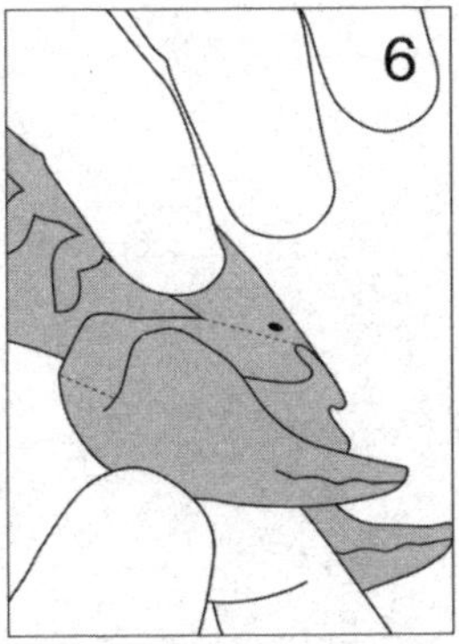

最后，折叠两只钳子处的虚线。